LA
BONNE
ESPERANCE

Les Voyages de Gulliver

De Laputa au Japon

Librement adapté
du roman de Jonathan Swift
par
Bertrand GALIC

Dessin et couleurs
de
Paul ECHEGOYEN

Noctambule

Au fil du temps...

Et à mes quatre voyajoueuses.

Bertrand Galic

À Jean-Marc.
Je te dédie toutes ces planches.
J'ai navigué sur chacune avec ta voix, ton enseignement,
tes conseils, tes coups de gueule, et surtout ton rire.

Paul Echegoyen

En préambule, découvrez la bande-annonce...

https://www.editions-soleil.fr/videos/les-voyages-de-gulliver-bande-annonce

CHAPITRE 1

LONDRES

LUNDi 2 AOÛT 1706. LE CiEL
DE LONDRES ABREUVE LA TAMiSE.

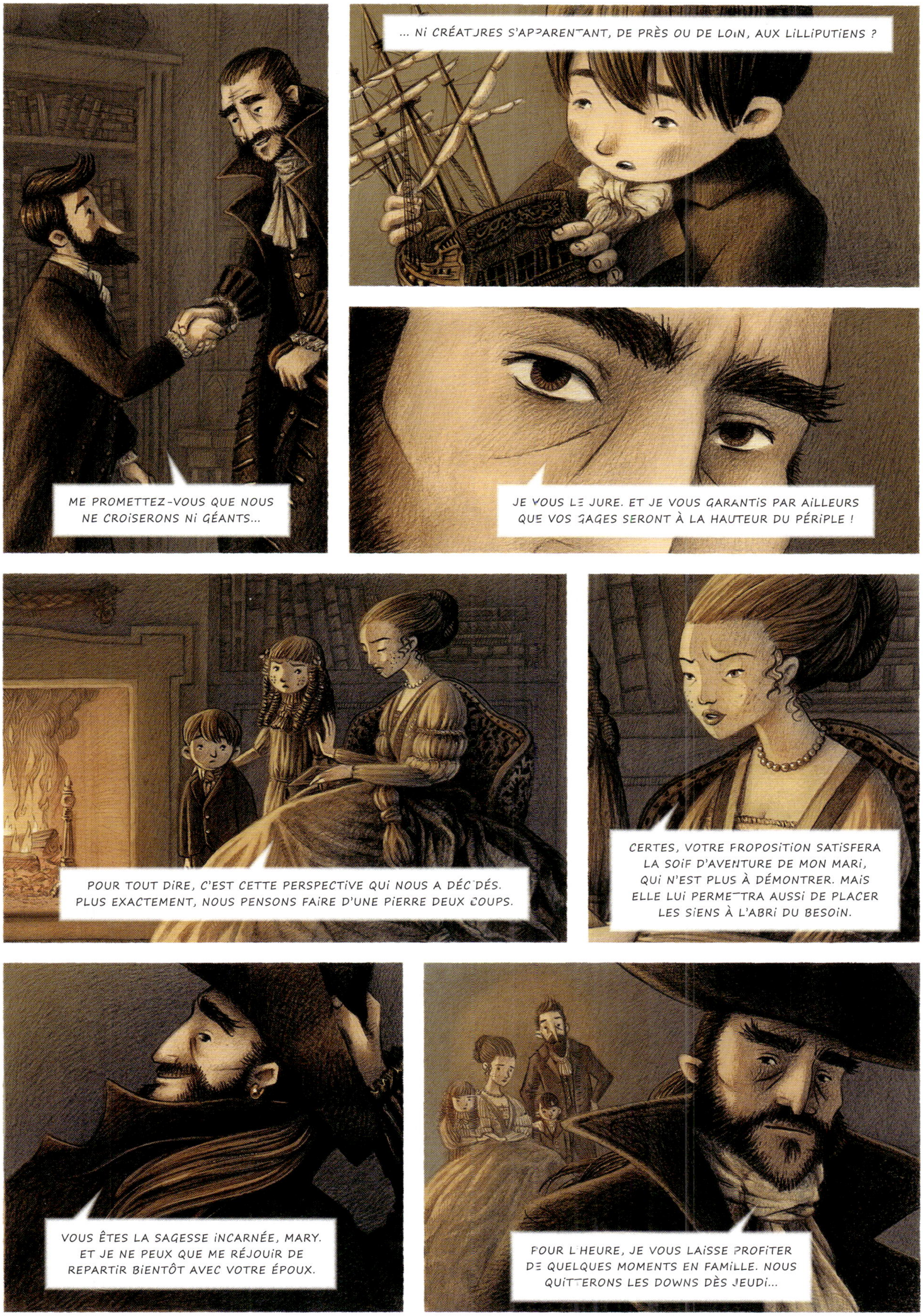
ME PROMETTEZ-VOUS QUE NOUS NE CROISERONS NI GÉANTS...
... NI CRÉATURES S'APPARENTANT, DE PRÈS OU DE LOIN, AUX LILLIPUTIENS ?
JE VOUS LE JURE. ET JE VOUS GARANTIS PAR AILLEURS QUE VOS GAGES SERONT À LA HAUTEUR DU PÉRIPLE !
POUR TOUT DIRE, C'EST CETTE PERSPECTIVE QUI NOUS A DÉCIDÉS. PLUS EXACTEMENT, NOUS PENSONS FAIRE D'UNE PIERRE DEUX COUPS.
CERTES, VOTRE PROPOSITION SATISFERA LA SOIF D'AVENTURE DE MON MARI, QUI N'EST PLUS À DÉMONTRER. MAIS ELLE LUI PERMETTRA AUSSI DE PLACER LES SIENS À L'ABRI DU BESOIN.
VOUS ÊTES LA SAGESSE INCARNÉE, MARY. ET JE NE PEUX QUE ME RÉJOUIR DE REPARTIR BIENTÔT AVEC VOTRE ÉPOUX.
POUR L'HEURE, JE VOUS LAISSE PROFITER DE QUELQUES MOMENTS EN FAMILLE. NOUS QUITTERONS LES DOWNS DÈS JEUDI...

LE MOMENT DU DÉPART EST BIEN TROP PROCHE POUR QUE JE VOUS VOLE ENCORE LA MOINDRE MINUTE D'INTIMITÉ.
LA BONNE ESPÉRANCE
LES CŒURS GONFLENT AVEC LES VOILES DES NAVIRES.
CE N'EST PAS LE DOCTEUR GULLIVER QUI VA ME CONTREDIRE.

CHAPITRE 2

TONKIN

DIX MOIS PLUS TARD, AU TONKIN.
IL FAUT SE RENDRE À L'ÉVIDENCE, MON AMI : NOUS NE SERONS PAS LIVRÉS AVANT PLUSIEURS MOIS... ET, PENDANT CE TEMPS-LÀ, NOS FRAIS VONT S'ACCUMULER ICI.

LA SITUATION EST DÉJÀ TRÈS CRITIQUE...
JE LE SAIS BIEN, CAPITAINE.

C'EST LA RAISON POUR LAQUELLE J'AI ACCEPTÉ CETTE MISSION DE CABOTAGE.

ET JE VOUS EN REMERCIE ! SEULE LA VENTE DE MARCHANDISES AUX AUTOCHTONES DES ÎLES VOISINES POURRA NOUS PERMETTRE DE TENIR.

BON VOYAGE, LEMUEL !

QUE LES CIEUX VOUS SCIENT CLÉMENTS...

... ET LES VENTS FAVORABLES.

NOUS AVONS DÉRIVÉ VERS L'EST...
... LOIN DES CÔTES, MAIS TOUJOURS EN VIE.
AVEC UN SI FRÊLE ESQUIF, FACE AUX ÉLÉMENTS DÉCHAÎNÉS, C'EST UN VÉRITABLE MIRACLE !

À PROPOS D'ÉLÉMENTS DÉCHAÎNÉS...
J'AI BIEN PEUR QUE NOUS EN AYONS QUELQUES-UNS À NOS TROUSSES !
NOUS SOMMES TROP LOURDS, TROP CHARGÉS... ILS VONT NOUS RATTRAPER !

À L'ABORDAGE !
QUI COMMANDE CE NAVIRE ?
APRÈS DIEU, JE SUIS LE SEUL MAÎTRE À BORD... ENFIN, LE CAPITAINE DE...
À DÉFAUT DE L'EMBARCATION ET DE L'ÉQUIPAGE, VOUS CONSERVEREZ VOTRE TITRE. CE QUI EST DÉJÀ PAS MAL, VU LES CIRCONSTANCES...
QU'ON METTE UN CANOT À LA MER, IMMÉDIATEMENT !

ADiEU, CAPiTAiNE !
MES AMiTiÉS À VOTRE SEiGNEUR TOUT-PUiSSANT.
HA HA HA HA HA !!!

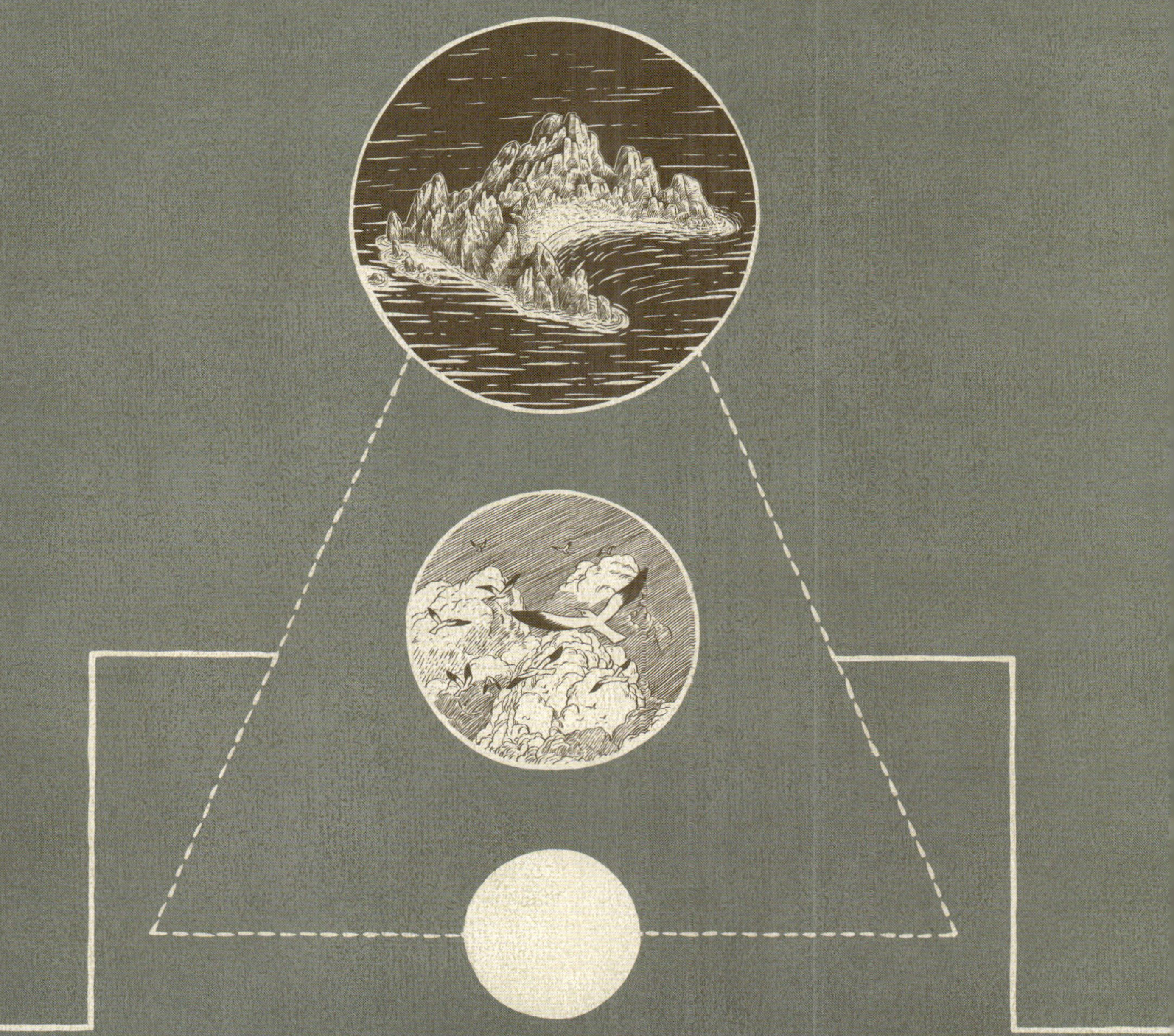

CHAPITRE 3

ARCHIPEL

GARGBLRGBLBL

CRAUÂN?
CRAUÂÂÂN
CRAUÂN
PFIOU...

NOOOOOOON!!!

CHAPITRE 4

LAPUTA

HÉÉÉ !
MA PAROLE, ILS SONT COMPLÈTEMENT FOUS !
CRAUÂÂN
CRAUÂÂA

BONJOUR...

BIM
Veuillez nous suivre, monsieur.
notre roi va vous recevoir en son palais.
GNÉ ???
gné ???
sa majesté vous attend.

C'EST VOTRE CHEF QUI VIT LÀ-HAUT ?
DITES... VOUS POURRIEZ AU MOINS ME REGARDER, QUAND JE VOUS PARLE.
CE N'EST PAS TRÈS POLI DE...
?
BIM
pardon.. Vous disiez ?
VOUS ET VOS CONCITOYENS AVEZ DE LÉGERS PROBLÈMES DE CONCENTRATION, HEIN ?
?
je ne comprends pas ce que vous dites.
ÇA PROMET...
rappelez-moi : où allons-nous comme ça ?

J'ESPÈRE QUE CELUI VERS LEQUEL VOUS M'AMENEZ AURA L'ESPRIT UN PEU PLUS VIF !
BAM
BIM

bla bla bla... psss psss...
ah oui, très bien... d'accord...
monsieur, soyez le bienvenu à laputa. quel bon vent vous amène en mon royaume ?
BIM
AÏE ! MAIS QU'EST-CE QUI VOUS PREND ? CE NE SONT PAS DES MA...
houlà, mais quelle langue étrange ! de quelle contrée êtes-vous donc ?
seriez-vous architecte ou musicien ?
êtes-vous féru d'astronomie ou bien encore mathématicien ?
Bzzzzzzzzzzzzz
bon, nous poursuivrons cette conversation un peu plus tard. que l'on conduise notre hôte dans l'un de nos plus beaux appartements et qu'on le fasse déjeuner : il n'a que la peau sur les os.

si Vous Voulez bien Vous donner la peine...

oaaaaaaaaaah !
???
rrr.. zzzzzz
rrrrr...
GLING GLING GLING
BIM
BAM
ces gentilshommes vont devoir se retirer, afin de laisser l'étranger en compagnie de celui que notre bon roi a désigné comme son mentor...

... autrement dit : moi !
au revoir, messieurs ! que la suite de cette journée vous soit le plus agréable possible.
quant à nous, cher ami, nous avons du pain sur la planche...
CLAP CLAP
figurez-vous qu'on m'a confié la mission de vous apprendre notre langue.
vous en découvrirez les rudiments dans ces quelques manuels illustrés...
... et je crois qu'il est temps pour vous de les consulter.

laputa
lune
soleil
comète
zodiaque
corps célestes
planète
constellations
galaxie

340
300
10
20
30
sextant
sablier
astrolabe
vigation
boussole
compas
arbalète

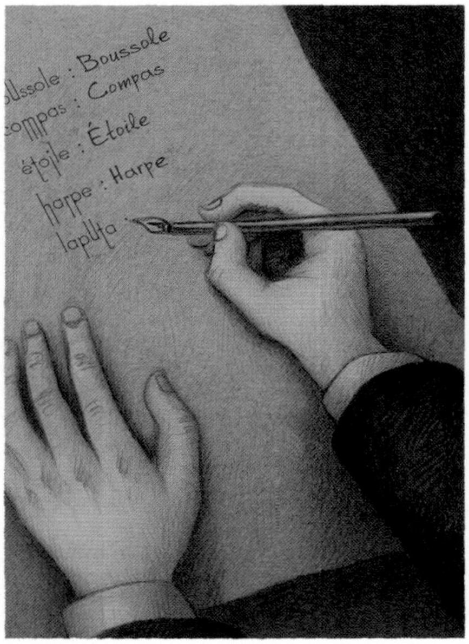
oussole : Boussole
compas : Compas
étoile : Étoile
harpe : Harpe
laputa :

CHAPITRE 5

LINDALINO

VOS PROGRÈS DANS NOTRE LANGUE M'IMPRESSIONNENT, MON CHER LEMUEL...
et les Vôtres, dans la mienne, m'époustouflent, professeur.

VOUS ÊTES BIEN AIMABLE.
Vous l'êtes tout autant.

ON AURA BEAU DIRE... LA COMMUNICATION ET L'ÉCHANGE PARAISSENT NÉCESSAIRES AU BON FONCTIONNEMENT DU MONDE DÉMOCRATIQUE, N'EST-CE PAS ?
BIM
BAM

C'EST EN TOUT CAS LE PREMIER PRÉCEPTE ÉTABLI ICI PAR NOTRE BON ROI.

CONSTATEZ-LE PAR VOUS-MÊME, NOUS SOMMES EN LIAISON PERMANENTE AVEC LES SUJETS PEUPLANT NOS TERRES D'EN-BAS.
reclamations
pétitions
Contraventions
&
Condamnations

VOTRE SOUVERAIN RÈGNE DONC EN RÉALITÉ SUR TOUT UN ARCHIPEL ?!...
C'EST BIEN ÇA : SI NOTRE ROYAUME ÉTAIT UN CORPS, LAPUTA N'EN SERAIT FINALEMENT QU'UNE PARTIE.
LA TÊTE, SI JE PUIS DIRE...
JE VOIS... ET CE SONT LES BRAS D'EN-BAS QUI LA NOURRISSENT.
ON NE PEUT DÉCIDÉMENT RIEN VOUS CACHER !
MAIS... NE S'AGIT-IL PAS LÀ D'UNE FORME D'EXPLOITATION ÉHONTÉE ?
QUE NENNI, MON BRAVE. QUE NENNI !
EN CONTREPARTIE DE TOUS LES VIVRES QUI NOUS PARVIENNENT, L'ÎLE FLOTTANTE ET SES SAVANTS DISPENSENT LEUR INTELLIGENCE ET LEUR SAVOIR À TOUTES CES CONTRÉES.
NOUS AVONS AFFAIRE, EN QUELQUE SORTE, À UN ÉCHANGE DE BONS PROCÉDÉS.

C'EST SÛR QUE VU COMME ÇA...
ET CEUX D'EN-BAS... ILS ACCEPTENT VOS LOIS SANS RECHIGNER ?...
LA PLUPART DU TEMPS, OUI...
MÊME S'IL EST VRAI QU'IL FAUT PARFOIS FAIRE PREUVE D'UNE CERTAINE AUTORITÉ.
TIENS DONC ! DITES-M'EN PLUS, C'EST INTÉRESSANT, VRAIMENT.

MMM... JE ME SOUVIENS PAR EXEMPLE DE CETTE RÉVOLTE, IL Y A TROIS ANS, QUI A VRAIMENT FAILLI MAL TOURNER...
LINDALINO, LA DEUXIÈME CITÉ DU ROYAUME PAR SON IMPORTANCE, PASSAIT SON TEMPS À SE PLAINDRE DE SOI-DISANT EXACTIONS.
AH OUI ?
OUI... LES HABITANTS, VISIBLEMENT À BOUT, FERMÈRENT UN JOUR LES PORTES DE LEUR VILLE, MIRENT LA MAIN SUR LE GOUVERNEUR ET JETÈRENT AU CACHOT CE DIGNE REPRÉSENTANT DE L'ÉTAT.
ILS ÉLEVÈRENT ENSUITE DE GRANDES TOURS AUX QUATRE COINS DE LA CITÉ, JUSQU'À CE QUE LEUR HAUTEUR ÉGALÂT CELLE DE CETTE IMMENSE ROCHE POINTUE QUI OCCUPE LE CENTRE DE LINDALINO.
CES INCONSCIENTS FIXÈRENT ENFIN UNE GROSSE PIERRE MAGNÉTIQUE À CHACUN DES CINQ SOMMETS...

HUIT MOIS S'ÉCOULÈRENT AVANT QUE L'ON PÛT CONFIRMER AU ROI CETTE RÉVOLTE DES LINDALINIENS...
IL ORDONNA ALORS DE DIRIGER L'ÎLE SUR LA CITÉ.
LES REBELLES RESTAIENT UNANIMES. ILS AVAIENT AMASSÉ DES VIVRES ET BÉNÉFICIAIENT DE L'EAU DOUCE D'UNE BELLE RIVIÈRE, COULANT PAISIBLEMENT.
LAPUTA FUT MAINTENUE PLUSIEURS JOURS AU-DESSUS D'EUX POUR LES PRIVER DE SOLEIL ET DE PLUIE.
LE ROI FIT PENDRE DE NOMBREUSES FICELLES, MAIS PERSONNE D'EN-BAS N'Y ACCROCHA LE MOINDRE MESSAGE DE CONCILIATION.
mort au roi!
EN REVANCHE, TOUTES SORTES DE REVENDICATIONS MESQUINES ET PROVOCATRICES FURENT REMONTÉES : RÉPARATIONS DE DOMMAGES, DEMANDES DE GRANDES IMMUNITÉS, ÉLECTIONS LIBRES DES GOUVERNEURS ET AUTRES ÉNORMITÉS DU MÊME GENRE.

SUR QUOI, SA MAJESTÉ DEMANDA AUX HABITANTS DE LAPUTA DE JETER DE GROSSES PIERRES SUR LA VILLE, DEPUIS LES GALERIES INFÉRIEURES.
MAIS LES BOURGEOIS RÉVOLTÉS S'ÉTAIENT PRÉMUNIS CONTRE CE DANGER EN SE RÉFUGIANT DANS LES QUATRE TOURS OU D'AUTRES SOLIDES BÂTISSES, AINSI QUE DANS DES CAVES VOÛTÉES.
LE ROI RÉSOLUT ALORS D'EN FINIR AVEC CES OUTRECUIDANTS ET DONNA L'ORDRE DE FAIRE DESCENDRE L'ÎLE TOUT DOUCEMENT, JUSQU'À UNE QUARANTAINE DE YARDS DU SOMMET DES TOURS ET DE LA ROCHE.
L'ORDRE FUT EXÉCUTÉ, MAIS LES FONCTIONNAIRES RESPONSABLES CONSTATÈRENT QUE LA DESCENTE ÉTAIT BIEN PLUS RAPIDE QU'À L'ACCOUTUMÉE.
LAPUTA SE MEUT GRÂCE À SON PROPRE AIMANT, VOUS SAVEZ.
QUAND ILS VOULURENT L'ARRÊTER, ILS N'Y PARVINRENT QU'À GRAND-PEINE : L'ÎLE AVAIT TENDANCE À TOMBER.

LA COLLISION FUT ÉVITÉE DE JUSTESSE.
CET INCIDENT RUINA LES PLANS D'ACTION DU ROI ET L'OBLIGEA À SE PLIER AUX EXIGENCES DE LA VILLE.
UN MEMBRE IMPORTANT DU MINISTÈRE M'ASSURA QUE SI L'ÎLE ÉTAIT DESCENDUE PLUS BAS, ELLE N'AURAIT PAS PU REDÉCOLLER, ET LES RÉVOLTÉS L'AURAIENT PRISE D'ASSAUT, MASSACRANT LE ROI ET TOUS SES SERVITEURS.
PAR LA FORCE DES CHOSES, VOUS AURIEZ ALORS DÛ CHANGER DE RÉGIME POLITIQUE...
... CE QUI AURAIT ÉTÉ FORT DOMMAGE, TANT IL SEMBLE BIEN FONCTIONNER.

CHAPITRE 6

BALNIBARBI

OAAAHHH !
PFRRR...
BONG
BONG
BONG

GULLIVER ! QUEL BON VENT VOUS AMÈNE ?
UN VENT DE TOUS LES DIABLES, MALHEUREUSEMENT... JE VIENS SOLLICITER L'AIDE D'UN AMI.
MAIS... BIEN SÛR. JE M'APPRÊTAIS À PRENDRE UNE PETITE DÉCOCTION... VOUS M'ACCOMPAGNEREZ DONC.
EH BIEN, DITES-MOI : QUI SONT CES DÉMONS ÉOLIENS ET QUE VOUS VEULENT-ILS ?
CE SONT CEUX DE L'ENNUI ET DE L'AMERTUME...
MAÎTRE, JE SUIS RÉSOLU À QUITTER L'ÎLE.

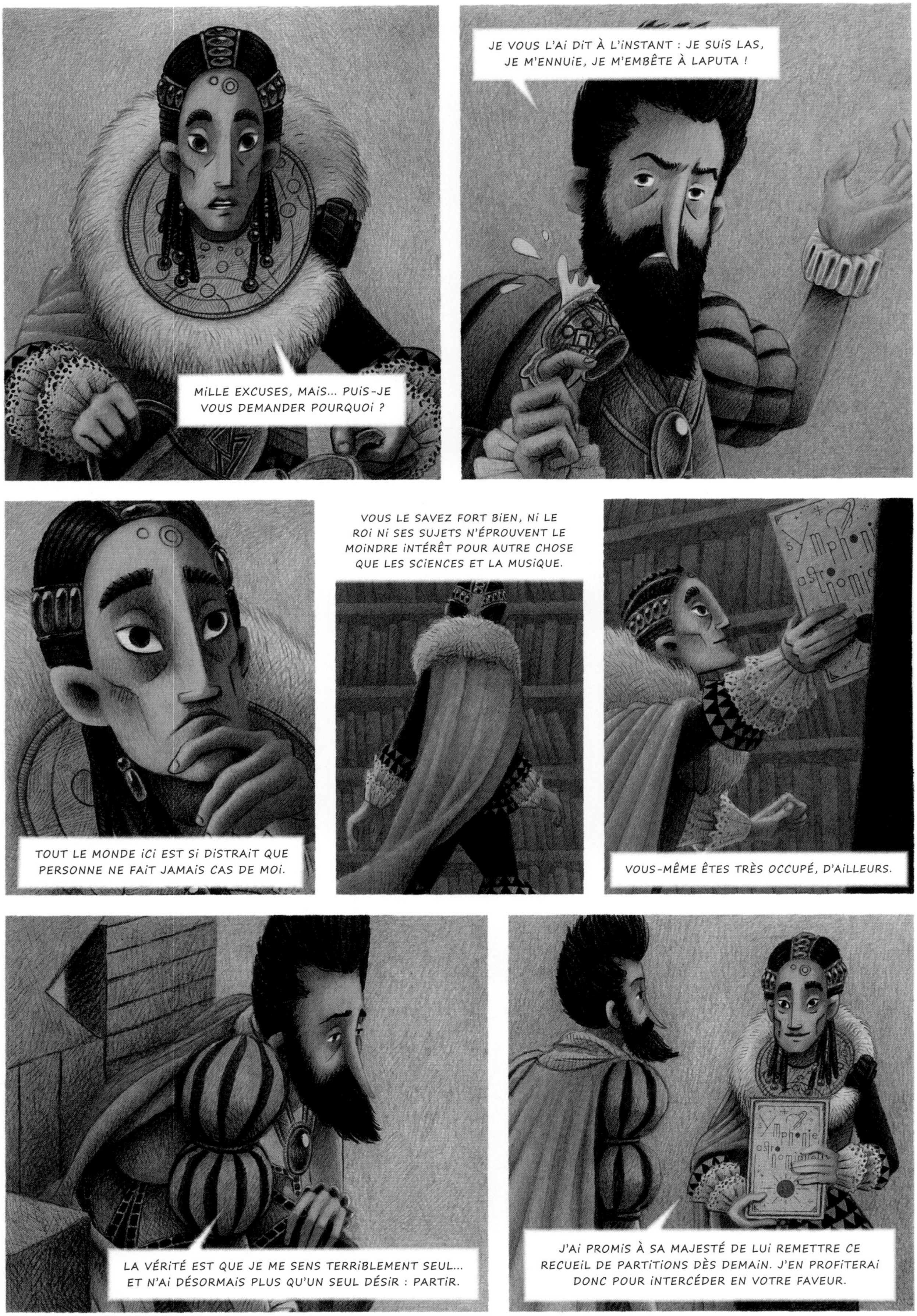
MILLE EXCUSES, MAIS... PUIS-JE VOUS DEMANDER POURQUOI ?
JE VOUS L'AI DIT À L'INSTANT : JE SUIS LAS, JE M'ENNUIE, JE M'EMBÊTE À LAPUTA !
TOUT LE MONDE ICI EST SI DISTRAIT QUE PERSONNE NE FAIT JAMAIS CAS DE MOI.
VOUS LE SAVEZ FORT BIEN, NI LE ROI NI SES SUJETS N'ÉPROUVENT LE MOINDRE INTÉRÊT POUR AUTRE CHOSE QUE LES SCIENCES ET LA MUSIQUE.
VOUS-MÊME ÊTES TRÈS OCCUPÉ, D'AILLEURS.
LA VÉRITÉ EST QUE JE ME SENS TERRIBLEMENT SEUL... ET N'AI DÉSORMAIS PLUS QU'UN SEUL DÉSIR : PARTIR.
J'AI PROMIS À SA MAJESTÉ DE LUI REMETTRE CE RECUEIL DE PARTITIONS DÈS DEMAIN. J'EN PROFITERAI DONC POUR INTERCÉDER EN VOTRE FAVEUR.

NOUS SURVOLERONS PROCHAINEMENT BALNIBARBI ET FERONS ESCALE À LAGADO, SA CAPITALE. DE TOUTE ÉVIDENCE, IL Y AURA LÀ UNE OPPORTUNITÉ À SAISIR.
JE ME FAIS FORT DE VOUS OBTENIR UN LAISSEZ-PASSER, ET JE VOUS REMETTRAI UNE LETTRE DE RECOMMANDATION.
J'AI SUR PLACE UNE VIEILLE CONNAISSANCE...
... QUI POURRA, QUI SAIT, VOUS EXTIRPER DE CETTE DÉPRIME.

OUPS !
AÏE !
HÉ !

Pfrrrrrr
ON PEUT VOUS AIDER ?
EUH... OUI, PEUT-ÊTRE. JE DOIS ME RENDRE À LAGADO CHEZ UN DÉNOMMÉ MUNODI.
JE VOIS... MONSIEUR EST PROBABLEMENT L'UN DE CES CONTES-TATAIRES, UNE FORTE TÊTE, COMME ON DIT !
Crrr... Pûf!
ALLEZ, MONTEZ !
PUISQU'IL FAUT BIEN GAGNER SA VIE, JE VAIS VOUS CONDUIRE OÙ VOUS VOULEZ.
TROP AIMABLE, MERCI...

HUE ! CARMEN !
CLAC
J'T'EN FOUTRAIS...

LAGADO
LE SIEUR MUNODI N'EST PAS CHEZ LUI AUJOURD'HUI ?
IL EST PARTI CE MATIN POUR SA MAISON DE CAMPAGNE, À VINGT MILLES D'ICI.

QUE ME VAUT L'HONNEUR DE CETTE VISITE CRÉPUSCULAIRE ?
N'AYEZ CRAINTE, MONSIEUR : VOICI UNE MISSIVE ÉCRITE PAR UN AMI COMMUN, QUI VOUS EXPLIQUERA LES RAISONS DE MA VENUE.
LISEZ VOUS-MÊME...
D'ACCORD, MAIS PAS ICI. IL COMMENCE À FAIRE FRAIS ET JE N'AI PAS QUE DES AMIS.
SI VOUS VOYEZ CE QUE JE VEUX DIRE...
VENEZ, VOUS ALLEZ ME RACONTER TOUT CELA DEVANT UN BON FEU DE CHEMINÉE. JE VOUS FERAI ENSUITE PRÉPARER À SOUPER, AINSI QU'UNE CHAMBRE, POUR QUE VOUS PUISSIEZ VOUS REPOSER.
CE N'EST PAS DE REFUS. CE VOYAGE M'A ÉPUISÉ...

J'AURAiS CERTAiNEMENT PU DORMiR ENCORE CENT ANS...
... CE QUi AURAiT D'AiLLEURS ÉTÉ FORT DOMMAGE TANT VOTRE PROPRiÉTÉ, EN CES HEURES MATiNALES, RELÈVE DE L'ENCHANTEMENT...

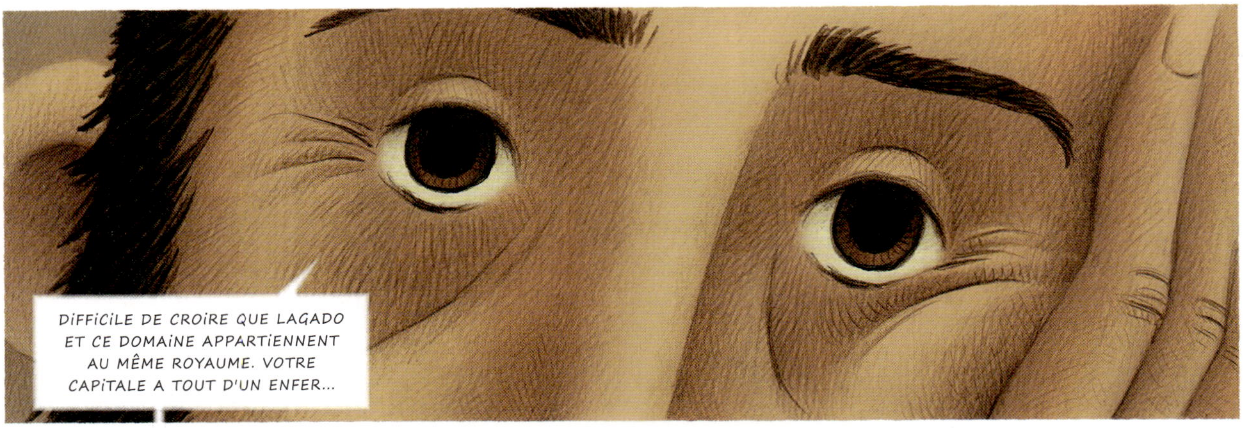
DIFFICILE DE CROIRE QUE LAGADO ET CE DOMAINE APPARTIENNENT AU MÊME ROYAUME. VOTRE CAPITALE A TOUT D'UN ENFER...

TANDIS QU'ICI, C'EST LE PARADIS SUR TERRE.

CHAPITRE 7

LAGADO

J'AI ÉTÉ GOUVERNEUR DE LAGADO DURANT QUELQUES ANNÉES... MAIS UNE CABALE DE MINISTRES M'A FAIT RÉVOQUER POUR INCAPACITÉ.
COMMENT EST-CE POSSIBLE ? VOTRE DOMAINE EST LA PREUVE FLAGRANTE DE VOS QUALITÉS D'ADMINISTRATEUR !
JE VOUS REMERCIE POUR LE COMPLIMENT, QUI ME TOUCHE BEAUCOUP. ICI-BAS, LA CLAIRVOYANCE EST UNE QUALITÉ BIEN PEU PARTAGÉE, VOYEZ-VOUS.
RACONTEZ-MOI, S'IL VOUS PLAÎT. CE QUE VOUS ME DITES NE TIENT VRAIMENT PAS DEBOUT !
D'ACCORD, PUISQUE VOUS Y TENEZ...
IL Y A QUELQUE TEMPS DÉJÀ, CERTAINES PERSONNES MONTÈRENT À LAPUTA, TANT POUR LEURS AFFAIRES QUE POUR LE PLAISIR. APRÈS UN SÉJOUR DE CINQ MOIS LÀ-HAUT, ELLES REVINRENT AVEC UNE LÉGÈRE TEINTURE DE MATHÉMATIQUES, MAIS LA TÊTE EMPLIE D'HUMEURS VOLATILES QUI S'ACQUIÈRENT DANS CES RÉGIONS ÉTHÉRÉES...
CES PERSONNES COMMENCÈRENT, DÈS LEUR RETOUR PARMI NOUS, À CRITIQUER LA MANIÈRE D'ÊTRE DE TOUTES CHOSES.
ELLES PROJETÈRENT DE FAIRE REPARTIR À ZÉRO TOUS LES ARTS, LES SCIENCES, LES LANGUES ET LES TECHNIQUES. ELLES OBTINRENT, À CET EFFET, UNE CHARTE ROYALE QUI INSTITUA UNE ACADÉMIE DE PLANIFICATEURS À LAGADO...

AVEC QUELQUES AUTRES, NOUS AVONS PRÉFÉRÉ NOUS EN TENIR AUX VIEILLES MÉTHODES, PLUS RATIONNELLES. ET NOUS AVONS CONTINUÉ À VIVRE DANS LES MAISONS CONSTRUITES PAR NOS AÏEUX.
ON NOUS REGARDE AUJOURD'HUI AVEC MÉPRIS ET MALVEILLANCE. ON NOUS TIENT POUR DES ENNEMIS DE LA SCIENCE, POUR DES IGNORANTS ET DE MAUVAIS CITOYENS.
LA TYRANNIE DE L'ABSURDE, LA DICTATURE DE LA BÊTISE, NOUS ONT MIS AU BAN DE LA SOCIÉTÉ. ON NOUS MENACE. ON VOUDRAIT NOUS FAIRE DISPARAÎTRE.
DÈS LORS, VOUS COMPRENDREZ QUE NOUS FAISONS TOUT NOTRE POSSIBLE POUR RESTER DISCRETS.
DANS UN INSTANT, VOUS CONSTATEREZ PAR VOUS-MÊME À QUEL POINT TOUT CELA EST RIDICULE : C'EST JUSTEMENT L'ACADÉMIE, LÀ-BAS, QUI NOUS PRÉSENTE SA TRISTE FIGURE.

VOUS ALLEZ Y OBSERVER DE BIEN CURIEUSES EXPÉRIENCES, SOYEZ-EN SÛR...

... COMME CELLE QUI CONSISTE, PAR EXEMPLE, À TENTER D'EXTRAIRE D'HYPOTHÉTIQUES RAYONS DE SOLEIL À PARTIR DE CONCOMBRES...

PLOF
PLOF
... OU ALORS CELLE QUI VISE À TRANSFORMER LA GLACE EN POUDRE À CANON.
C'EST TRÈS AMUSANT, VOUS VERREZ.

VOUS RENCONTREREZ PEUT-ÊTRE AUSSI DE BRILLANTS AGRONOMES, PERSUADÉS DE POUVOIR CONVAINCRE TRUIES ET COCHONS... QU'ILS SONT DES ANIMAUX DE LABOUR !

ET PUIS, IL Y A ENCORE CES SAVANTS FOUS QUI FONT TRAVAILLER UN GROUPE D'AVEUGLES À LA PRÉPARATION DES COULEURS DESTINÉES AUX ARTISTES PEINTRES.
ILS SE FIENT AU TOUCHER, À LEUR ODORAT...
ILS EN METTENT ABSOLUMENT PARTOUT !

D'AUTRES CHERCHEURS, DIT-ON, ONT ENTREPRIS D'ÉLEVER DES ARAIGNÉES ET DE LES NOURRIR AVEC DES MOUCHES BLEUES, VERTES, ROUGES... AFIN D'OBTENIR DU FIL À TISSER COLORÉ.
PENSEZ-VOUS RÉELLEMENT QUE CELA PUISSE MARCHER ?
EUX, EN TOUT CAS, EN SONT PERSUADÉS.

LE PIRE, DANS TOUT ÇA, C'EST QUE TOUS CES PSEUDO-SCIENTIFIQUES SONT AUSSI CHARGÉS D'ENSEIGNEMENT.
JE NE SAIS S'IL FAUT EN RIRE OU EN PLEURER, MAIS J'AI ENTENDU DIRE QUE DES MATHEMATICIENS FAISAIENT ÉCRIRE SUR DES GAUFRETTES LES THÉORÈMES QUE LEURS ÉTUDIANTS DEVAIENT ASSIMILER, SI POSSIBLE DIGÉRER.
AU SENS PROPRE COMME AU FIGURÉ.

NOUS POURRiONS POURSUiVRE ENCORE LONGUEMENT...
... EN ÉVOQUANT PEUT-ÊTRE CES SOi-DiSANT EXPERTS EN ARCHi-TECTURE, QUi RECOMMANDENT DE COMMENCER LA CONSTRUCTiON DES BÂTiMENTS PAR LA TOiTURE ?
HA HA ! OUi, NOTAMMENT.
ON VOiT LE RÉSULTAT : LAGADO EST UN MONDE À L'ENVERS, UN DÉCOR SENS DESSUS DESSOUS. DU GRAND N'iMPORTE QUOi... AUSSi VRAi QUE JE M'APPELLE GULLiVER, CET UNiVERS N'EST PAS FAiT POUR MOi.
SONGERiEZ-VOUS DÉJÀ À NOUS QUiTTER ?

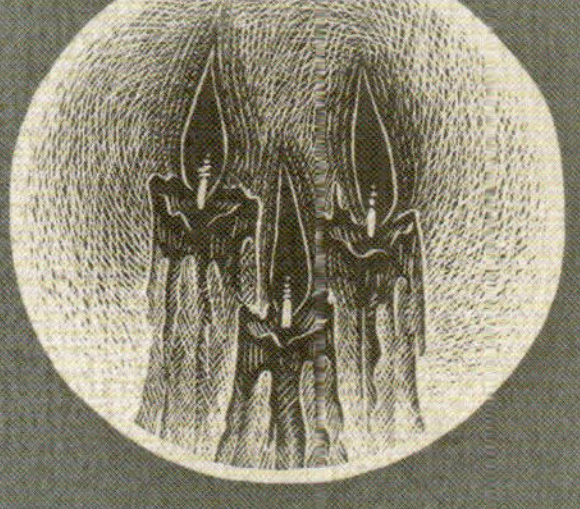

CHAPITRE 8

GLUBBDUBDRIB

ET DONC, POUR RENTRER EN EUROPE, iL ME FAUT ABSOLUMENT PASSER PAR LE JAPON ?
OUi, iL N'Y A PAS D'AUTRE ALTERNATiVE. VOUS POURREZ VOUS Y RENDRE DEPUiS L'ÎLE DE LUGGNAGG.
UNE ÉTROiTE ALLiANCE UNiT L'EMPiRE DU SOLEiL LEVANT À CE ROYAUME. DE NOMBREUX NAViRES SE RENDENT DE L'UN À L'AUTRE.
PARFAiT... MAiS COMMENT PARViENT-ON À LUGGNAGG ?
RiEN DE PLUS SiMPLE, MONSiEUR GULLiVER...
... iL VOUS SUFFiT DE PRENDRE LE BATEAU iCi, DANS LE PORT DE MALDONADA !

DÉSOLÉ, AUCUN DÉPART POUR LE JAPON AVANT UN MOIS.
NOUS VOILÀ BIEN AVANCÉS... QUE VAIS-JE FAIRE, PENDANT TOUT CE TEMPS-LÀ ?
LA RÉGION EST BELLE ET SURPRENANTE. VOUS TROUVEREZ DE QUOI VOUS OCCUPER, CERTAINEMENT...
AVEZ-VOUS DÉJÀ ENTENDU PARLER DE GLUBBDUBDRIB, PAR EXEMPLE ?
C'EST UNE ÎLE EXTRAORDINAIRE. ET IL SE TROUVE QUE JE M'Y RENDS, JUSTEMENT.
CAPITAINE ADAMS, POUR VOUS SERVIR !
PRÊT À APPAREILLER, MOUSSAILLON ?

LITTÉRALEMENT, GLUBBDUBDRIB SIGNIFIE "ÎLE DES SORCIERS". CELLE-CI EST DIRIGÉE PAR LE CHEF D'UNE TRIBU DONT TOUS LES MEMBRES SONT MAGICIENS.
ILS NE SE MARIENT QU'ENTRE EUX ET LEUR DOYEN EST AUTOMATIQUEMENT DÉSIGNÉ GOUVERNEUR.
QUELLES MŒURS ÉTONNANTES !
ATTENDEZ. JE NE VOUS AI ENCORE RIEN DIT !
FIGUREZ-VOUS QUE LEDIT GOUVERNEUR EMPLOIE DES SERVITEURS D'UN GENRE TRÈS PARTICULIER...
GRÂCE À SES TALENTS DE NÉCROMANCIEN, IL PEUT EN EFFET FAIRE SORTIR DES ENFERS TOUS LES REVENANTS QU'IL VEUT...
... ET LEUR CONFIER DU TRAVAIL, À CONDITION QUE CE NE SOIT PAS POUR PLUS DE VINGT-QUATRE HEURES.

C'EST STUPÉFIANT...
ABSOLUMENT STUPÉFIANT...
ÇA DÉPASSE L'ENTENDEMENT.
QU'ADVIENT-IL DE CES GENS REPÊCHÉS D'OUTRE-TOMBE, UNE FOIS LE DÉLAI ÉCOULÉ ?
GLUBB
GLUBB
GLUBB
EH BIEN... ON DIT QU'ILS DISPARAISSENT POUR RETOURNER D'OÙ ILS VIENNENT.

NOUS ALLONS DEMANDER UNE AUDIENCE AU MAÎTRE DES LIEUX.
VOUS N'EN CROIREZ PAS VOS YEUX.
CLAC
GLUBB
GLUBB
GLUBB
GLUBB
GLUBB
GLUBB

NOUS VOILÀ PLUS TRANQUILLES, N'EST-CE PAS ?
VOTRE ÉMINENCE, C'EST...
STUPÉFIANT ?
OUI, JE SAIS. MAIS NE COMPTEZ PAS SUR MOI POUR VOUS RÉVÉLER LES SECRETS DE MA MAGIE.
TOUT AU PLUS POURRAIS-JE VOUS EN FAIRE ADMIRER LES EFFETS, DEMAIN MATIN, SUR LA GRANDE ESPLANADE...
... SI VOUS ÊTES BIEN SAGE ET ME RACONTEZ PRÉALABLEMENT VOS VOYAGES.

MON CHER GULLIVER, JE NE VOUS REMERCIERAI JAMAIS ASSEZ POUR CES MOMENTS PARTAGÉS HIER SOIR. VOS AVENTURES M'ONT PASSIONNÉ.
JE LES AI TROUVÉES TOUT À FAIT... STU-PÉ-FIANTES !.!
JE ME VOIS DÉSORMAIS DANS L'OBLIGATION DE TENIR MA PROMESSE... DITES-MOI UN PEU : QUI DONC AIMERIEZ-VOUS VOIR RESSURGIR DES LIMBES DE L'HISTOIRE ?
JE NE SAIS PAS, MONSIEUR LE GOUVERNEUR... ALEXANDRE LE GRAND, PEUT-ÊTRE ?

VOS DÉSIRS SONT DES ORDRES : VOICI L'EMPEREUR, SON FIDÈLE BUCÉPHALE ET LA PHALANGE !
GLUBB GLUBB GLUBB GLUBB GLUBB GLUBB GLUBB GLUBB GLUBB GLUBB GLUBB
NE DITES RIEN... ON SAIT !
QUI D'AUTRE, S'IL VOUS PLAÎT ?
EUH.. HANNIBAL ?
PAS DE PROBLÈME : À DÉFAUT DE MONTAGNES,
LE GÉNÉRAL ET SES ÉLÉPHANTS SUR UN PLATEAU !
GLUBB GLUBB GLUBB GLUBB GLUBB GLUBB GLUBB

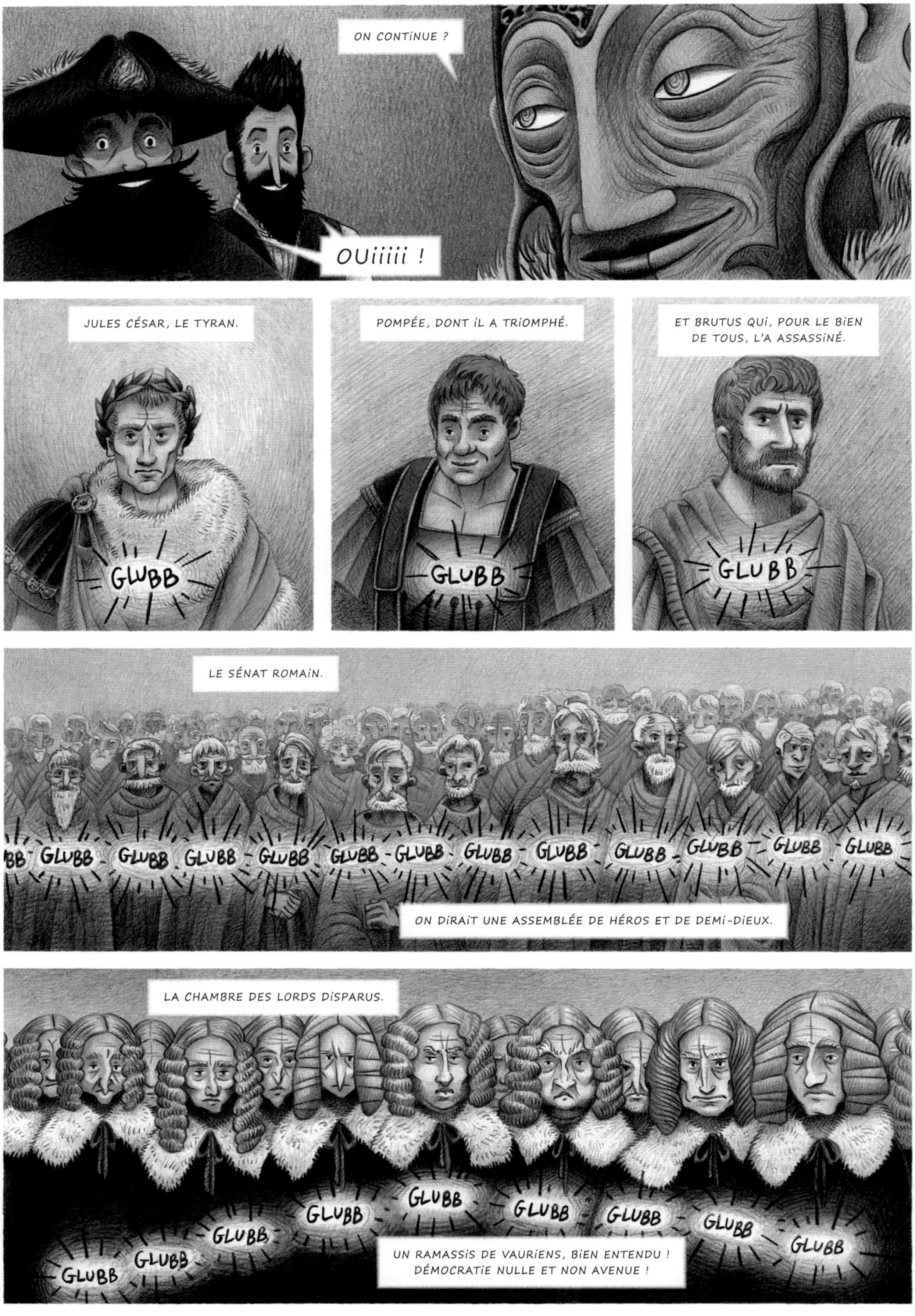
ON CONTiNUE ?
OUiiiii !
JULES CÉSAR, LE TYRAN.
GLUBB
POMPÉE, DONT iL A TRiOMPHÉ.
GLUBB
ET BRUTUS QUi, POUR LE BiEN DE TOUS, L'A ASSASSiNÉ.
GLUBB
LE SÉNAT ROMAiN.
GLUBB GLUBB GLUBB GLUBB GLUBB GLUBB GLUBB GLUBB GLUBB GLUBB GLUBB GLUBB
ON DiRAiT UNE ASSEMBLÉE DE HÉROS ET DE DEMi-DiEUX.
LA CHAMBRE DES LORDS DiSPARUS.
GLUBB GLUBB GLUBB GLUBB GLUBB GLUBB GLUBB GLUBB GLUBB
UN RAMASSiS DE VAURiENS, BiEN ENTENDU ! DÉMOCRATiE NULLE ET NON AVENUE !

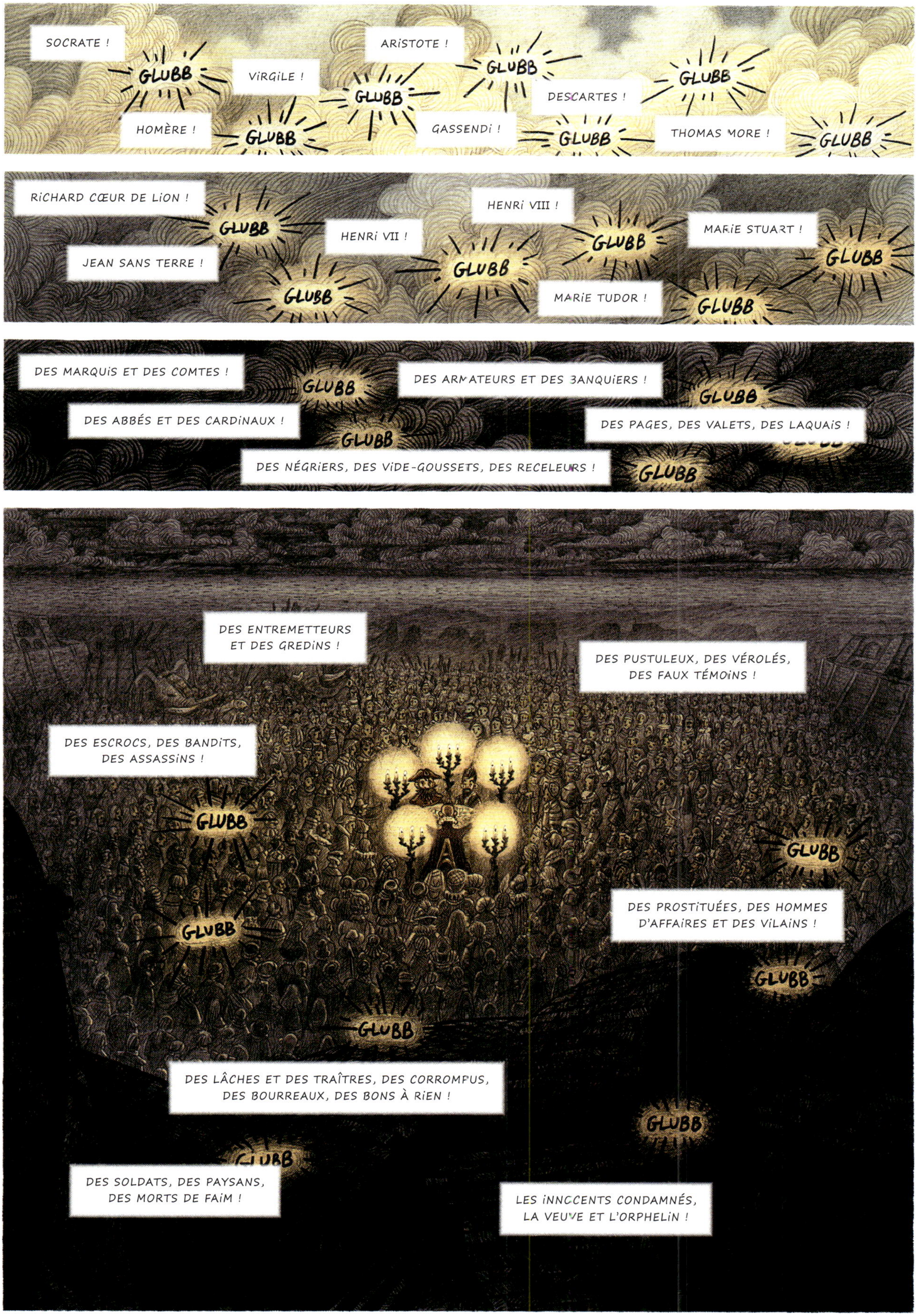
SOCRATE !
GLUBB
HOMÈRE !
VIRGILE !
GLUBB
GLUBB
ARISTOTE !
GASSENDI !
GLUBB
DESCARTES !
GLUBB
GLUBB
THOMAS MORE !
GLUBB
RICHARD CŒUR DE LION !
GLUBB
JEAN SANS TERRE !
GLUBB
HENRI VII !
GLUBB
HENRI VIII !
GLUBB
MARIE TUDOR !
MARIE STUART !
GLUBB
GLUBB
DES MARQUIS ET DES COMTES !
GLUBB
DES ABBÉS ET DES CARDINAUX !
GLUBB
DES ARMATEURS ET DES BANQUIERS !
GLUBB
DES PAGES, DES VALETS, DES LAQUAIS !
DES NÉGRIERS, DES VIDE-GOUSSETS, DES RECELEURS !
GLUBB
DES ENTREMETTEURS ET DES GREDINS !
DES PUSTULEUX, DES VÉROLÉS, DES FAUX TÉMOINS !
DES ESCROCS, DES BANDITS, DES ASSASSINS !
GLUBB
GLUBB
GLUBB
DES PROSTITUÉES, DES HOMMES D'AFFAIRES ET DES VILAINS !
GLUBB
GLUBB
DES LÂCHES ET DES TRAÎTRES, DES CORROMPUS, DES BOURREAUX, DES BONS À RIEN !
GLUBB
DES SOLDATS, DES PAYSANS, DES MORTS DE FAIM !
LES INNOCENTS CONDAMNÉS, LA VEUVE ET L'ORPHELIN !

AI-JE EXAUCÉ TOUS VOS SOUHAITS ? OU BIEN VOUS EN RESTE-T-IL ENCORE ?
JE PEUX AUSSI RESSUSCITER DES PROCHES...
PÈRE, MÈRE, FRÈRES, SŒURS...
DÈS À PRÉSENT ET POUR VINGT-QUATRE HEURES.
CETTE PROPOSITION EST À LA FOIS TENTANTE ET TRÈS CRUELLE : LA SECONDE SÉPARATION SERAIT BIEN PIRE QUE LA PREMIÈRE.
QUE LES MORTS REPOSENT EN PAIX, QUE LES VIVANTS ATTENDENT L'HEURE !
LES RETROUVAILLES VIENDRONT EN LEUR TEMPS ET N'EN SERONT QUE MEILLEURES.

CHAPITRE 9

LUGGNAGG

L'HEURE EST DONC ENFIN VENUE, MON CHER GULLIVER, DE REGAGNER VOTRE FOYER... JE VOUS SOUHAITE BON VOYAGE !
NOS MÉTÉOROLOGUES PRÉDISENT MALHEUREUSEMENT QUE LE TEMPS POURRAIT VIRER AU GRIS...
... TROMPENT ?!?
BEUUAAAH

J'ESPÈRE QU'ILS SE TROMPENT, QUE VOUS ÉVITEREZ LES MAUVAIS VENTS ET LES RIDEAUX DE PLUIE.
HA HA ! SACRÉ ADAMS ! BIEN SÛR QU'ILS SE...
EH BIEN, PAS MÉCONTENT D'ARRIVER ENF...
HÉ, VOUS, LÀ !

VOUS AVEZ VOS PAPIERS ?
C'EST-À-DIRE QUE MON NAVIRE A ÉTÉ ATTAQUÉ PAR DES PIRATES, ET PUIS APRÈS JE ME SUIS RETROUVÉ SUR UNE ÎLE DÉSERTE, ET ALORS...
DES PIRATES, BIEN SÛR ! ILS NE SAVENT PLUS QUOI INVENTER.
VOUS N'ÊTES PAS D'ICI, N'EST-CE PAS ?
JE ME RENDS AU JAPON ET VIENS EN EFFET D'ANGLETERRE...
D'ENGLETAIR ???... JAMAIS ENTENDU PARLER !
D'AILLEURS, ON N'Y COMPREND RIEN, À TOUTE VOTRE HISTOIRE !
ALLEZ, SUIVEZ-NOUS SANS RÉSISTER.
ON VA RÉGLER ÇA AU POSTE !
LUGGNAGG
BUREAU DES DOUANES

CETTE ESCORTE VOUS MÈNERA À TRALDRAGDUBH, AUPRÈS DE NOTRE SOUVERAIN...
PRÊTEZ-LUI ALLÉGEANCE COMME IL SE DOIT. DIEU RECONNAÎTRA LES SIENS.

VOUS VOUS SOUVENEZ DU PROTOCOLE, ÉTRANGER ?
VOUS N'AVEZ CESSÉ DE ME L'EXPOSER, DEPUIS NOTRE DÉPART DE MALDONADA.
N'Y A-T-IL VRAIMENT AUCUN MOYEN D'Y DÉROGER ?
SA GRACIEUSE MAJESTÉ EST TRÈS À CHEVAL SUR LES PRINCIPES...
ACCEPTEZ-LES OU VOUS MOURREZ.

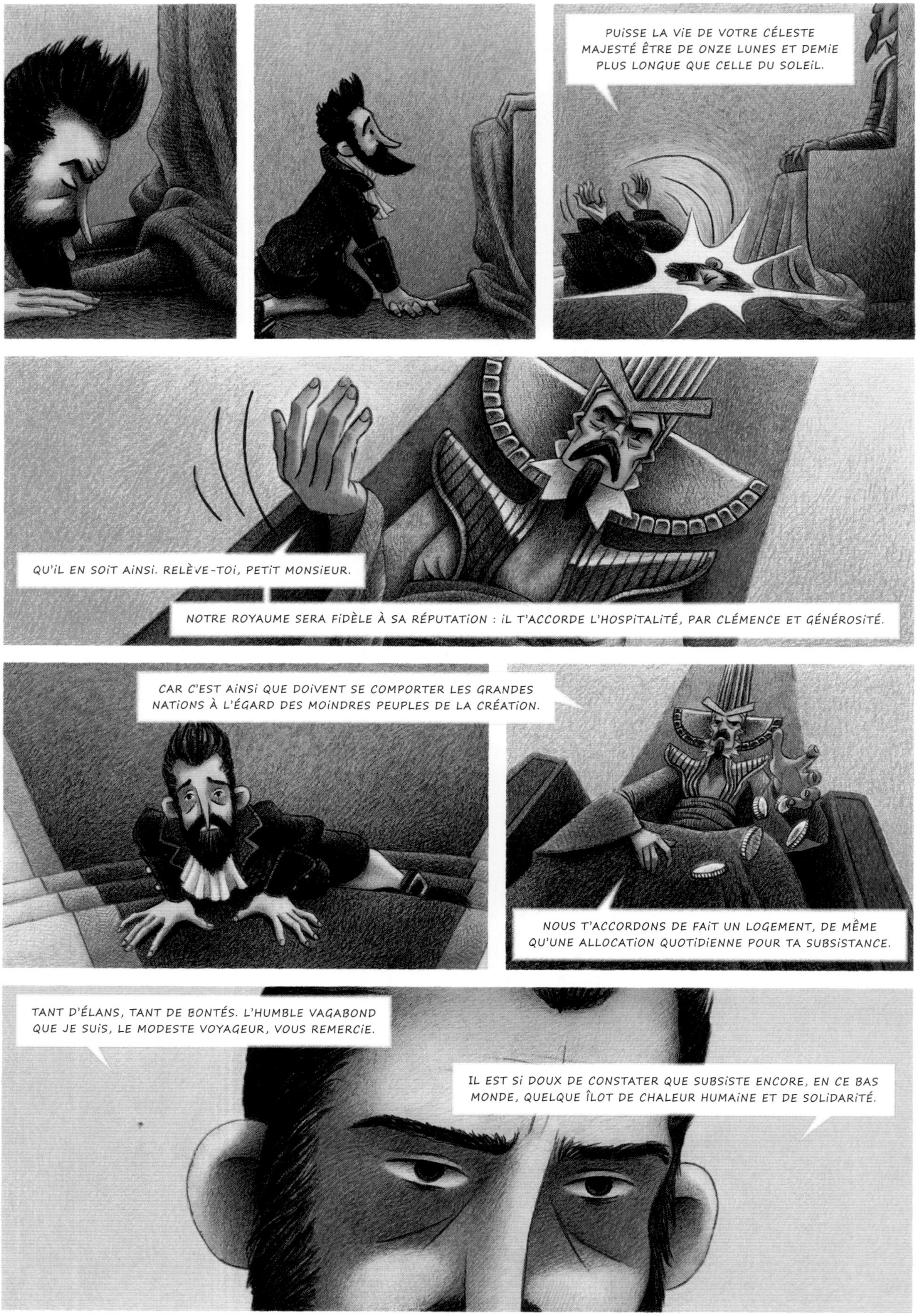
PUISSE LA VIE DE VOTRE CÉLESTE MAJESTÉ ÊTRE DE ONZE LUNES ET DEMIE PLUS LONGUE QUE CELLE DU SOLEIL.
QU'IL EN SOIT AINSI. RELÈVE-TOI, PETIT MONSIEUR.
NOTRE ROYAUME SERA FIDÈLE À SA RÉPUTATION : IL T'ACCORDE L'HOSPITALITÉ, PAR CLÉMENCE ET GÉNÉROSITÉ.
CAR C'EST AINSI QUE DOIVENT SE COMPORTER LES GRANDES NATIONS À L'ÉGARD DES MOINDRES PEUPLES DE LA CRÉATION.
NOUS T'ACCORDONS DE FAIT UN LOGEMENT, DE MÊME QU'UNE ALLOCATION QUOTIDIENNE POUR TA SUBSISTANCE.
TANT D'ÉLANS, TANT DE BONTÉS. L'HUMBLE VAGABOND QUE JE SUIS, LE MODESTE VOYAGEUR, VOUS REMERCIE.
IL EST SI DOUX DE CONSTATER QUE SUBSISTE ENCORE, EN CE BAS MONDE, QUELQUE ÎLOT DE CHALEUR HUMAINE ET DE SOLIDARITÉ.

CHAPITRE 10

Les Struldbruggs

MESUREZ-VOUS VOTRE CHANCE, D'AVOIR ÉTÉ ACCEPTÉ À LA COUR ?
C'EST UN GRAND HONNEUR QUI M'EST FAIT, J'EN SUIS BIEN CONSCIENT.
JE ME RÉJOUIS DE POUVOIR, À CHAQUE HEURE, PROFITER DE MON STATUT PRIVILÉGIÉ.
MAIS J'EN VOIS D'AUTRES, LÀ-BAS, QUI SEMBLENT AUSSI SE DÉLECTER DU TEMPS PRÉSENT.
ILS ONT UNE DRÔLE D'ALLURE, D'AILLEURS... QUI SONT DONC CES JEUNES GENS ?
CE SONT DES STRULDBRUGGS, DES IMMORTELS.
IMMORTELS ? COMMENT ÇA, IMMORTELS ???

JE COMPRENDS QUE VOUS SOYEZ SURPRIS, MAIS LE TERME N'EST PAS ERRONÉ...
ON VOIT PARFOIS NAÎTRE EN CE PAYS UN ENFANT MARQUÉ AU FRONT, JUSTE AU-DESSUS DU SOURCIL GAUCHE, D'UNE PETITE TACHE ROUGE DE FORME CIRCULAIRE.
SON DIAMÈTRE EST AU DÉBUT CELUI D'UNE PIÈCE DE TROIS PENCE, MAIS CELLE-CI AUGMENTE AVEC L'ÂGE DU SUJET.
DE MÊME, SA COULEUR EST VARIABLE, VIRANT AU VERT À L'ÂGE DE DOUZE ANS...
... PUIS AU BLEU À VINGT-CINQ...
PASSÉ QUARANTE-CINQ ANS, ELLE DEVIENT NOIRE COMME LE CHARBON, AVEC LA TAILLE D'UN SHILLING QUI NE BOUGERA PLUS.
CETTE MARQUE EST LE SIGNE INFAILLIBLE DE L'IMMORTALITÉ.

MAIS DE TELLES CRÉATURES SONT TOUT À FAIT RARES : ON NE COMPTE GUÈRE PLUS DE MILLE STRULDBRUGGS DANS TOUT LE ROYAUME, DONT UNE MINORITÉ DE JEUNES ADULTES.
L'EXCEPTION N'EST PAS LE PRIVILÈGE DE CERTAINES FAMILLES, MAIS L'EFFET DU HASARD...
ET LES ENFANTS DE DEUX STRULDBRUGGS NAISSENT GÉNÉRALEMENT AUSSI MORTELS QUE LES AUTRES.
HEUREUSE NATION, OÙ CHAQUE ENFANT PEUT ASPIRER À L'ÉTERNITÉ SUR UN COUP DE DÉS À LA NAISSANCE !
BIENHEUREUX STRULDBRUGGS, EXEMPTÉS DE CETTE TRISTESSE INFINIE QUE NOUS CAUSE L'APPRÉHENSION DE LA MORT !
BIENHEUREUX PEUPLE DE LUGGNAGG, QUI COMPTE EN SON SEIN CES ÊTRES EXTRAORDINAIRES, INTEMPORELS, EMPLIS DE LA MÉMOIRE DES ÂGES !

MAIS, DITES-MOI, POURQUOI N'AI-JE JAMAIS CROISÉ DE STRULDBRUGGS À LA COUR ?
COMMENT LE ROI PEUT-IL SE PASSER DE TELS CONSEILLERS ?
IL FAUT ABSOLUMENT LE CONVAINCRE DE SON ERREUR. COMPTEZ SUR MOI, JE VAIS M'Y EMPLOYER...
DUSSÉ-JE Y PASSER LE RESTANT DE MES JOURS ! ET MÊME L'ÉTERNITÉ !
ET VOUS, JUSTEMENT, QUE FERIEZ-VOUS DE VOTRE EXISTENCE SI LA FORTUNE VOUS L'ACCORDAIT SANS FIN ?
EH BIEN, C'EST TRÈS SIMPLE... EN TOUT PREMIER LIEU, JE METTRAIS ÉVIDEMMENT TOUT EN ŒUVRE POUR M'ENRICHIR !
PUIS JE M'APPLIQUERAIS À L'ÉTUDE DES SCIENCES ET DES LETTRES, AFIN DE DEVENIR L'HOMME LE PLUS SAVANT DE L'UNIVERS.
JE FERAIS EN SORTE DE DEVENIR UN TRÉSOR DE CONNAISSANCES ET DE SAGESSE, UN ORACLE ÉCOUTÉ DE TOUS.
JE FERAIS L'ÉLOGE DE LA VERTU ET COMBATTRAIS PAR-DESSUS TOUT LA CORRUPTION, QUI GANGRÈNE LA POLITIQUE ET FAIT DÉCLINER NOS CIVILISATIONS.

J'OBSERVERAIS LES GRANDS BOULEVERSEMENTS DU MONDE, LA CHUTE DES EMPIRES ET L'ÉMERGENCE DE NOUVELLES PUISSANCES...
L'HOMME DÉCOUVRANT D'AUTRES TERRES, ET LA TERRE D'AUTRES HOMMES.
J'APPORTERAIS MON CONCOURS AUX PLUS BELLES INVENTIONS : LA MACHINE À REMONTER LE TEMPS, LE MOUVEMENT PERPÉTUEL...
L'ABOLITION DE LA MORT ET LA MÉDECINE UNIVERSELLE.

HA HA HA
HO HO HO
HU HU HU

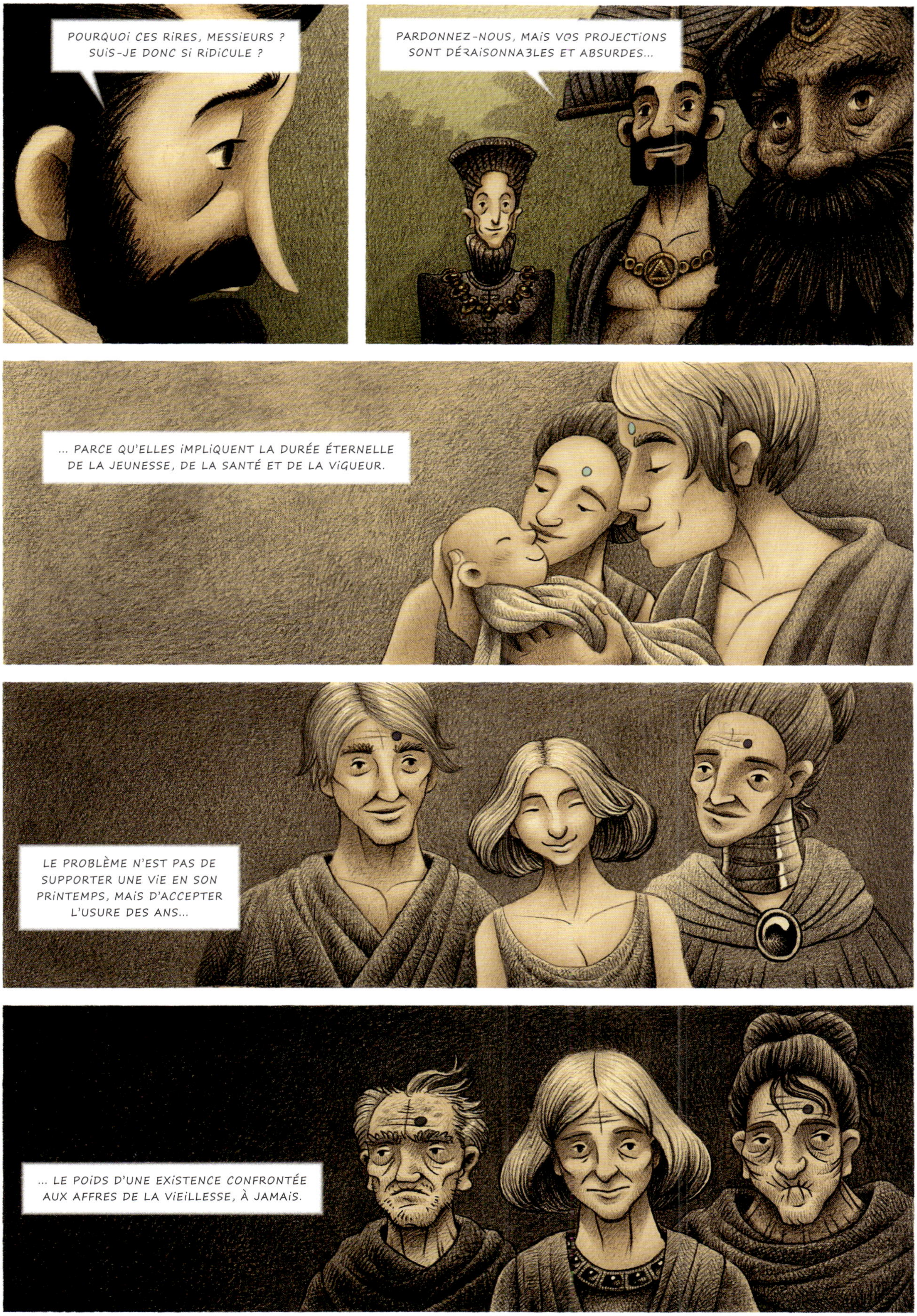
POURQUOI CES RIRES, MESSIEURS ? SUIS-JE DONC SI RIDICULE ?
PARDONNEZ-NOUS, MAIS VOS PROJECTIONS SONT DÉRAISONNABLES ET ABSURDES...
... PARCE QU'ELLES IMPLIQUENT LA DURÉE ÉTERNELLE DE LA JEUNESSE, DE LA SANTÉ ET DE LA VIGUEUR.
LE PROBLÈME N'EST PAS DE SUPPORTER UNE VIE EN SON PRINTEMPS, MAIS D'ACCEPTER L'USURE DES ANS...
... LE POIDS D'UNE EXISTENCE CONFRONTÉE AUX AFFRES DE LA VIEILLESSE, À JAMAIS.

UNE FOIS TRENTENAIRES, LES STRULDBRUGGS COMMENCENT À DEVENIR MÉLANCOLIQUES ET AMERS. ET ILS LE SONT DE PLUS EN PLUS PAR LA SUITE, JUSQU'À LEURS QUATRE-VINGTS ANS.
C'ÉTAIT BEAUCOUP MIEUX AVANT.
ILS ONT ALORS POUR LOT TOUTES LES INFIRMITÉS PHYSIQUES ET MENTALES DES VIEILLARDS. PLUS UNE INFINITÉ D'AUTRES, QUI NAISSENT DE L'ATROCE PERSPECTIVE DE NE JAMAIS EN FINIR.
ILS NE SONT PAS SEULEMENT ENTÊTÉS, HARGNEUX, CUPIDES, SUSCEPTIBLES, VANITEUX, BAVARDS...
QU'EST-CE QU'ELLE A À NOUS REGARDER, CELLE-LÀ ?
POT DE PUS ! FACE DE RAIE !
... MAIS ÉGALEMENT INCAPABLES DE TOUTE AFFECTION ENVERS LEURS DESCENDANTS, QU'ILS FINISSENT PAR PERDRE DE VUE ET OUBLIER.
PRIVÉS DE TOUS LES PLAISIRS, ILS FANTASMENT ÉVIDEMMENT SUR LES VICES DE LA JEUNESSE...
TOUTEFOIS, CE QUI LEUR FAIT LE PLUS ENVIE, C'EST BIEN LA MORT... CE GRAND DÉPART QU'ILS NE POURRONT JAMAIS PRENDRE.

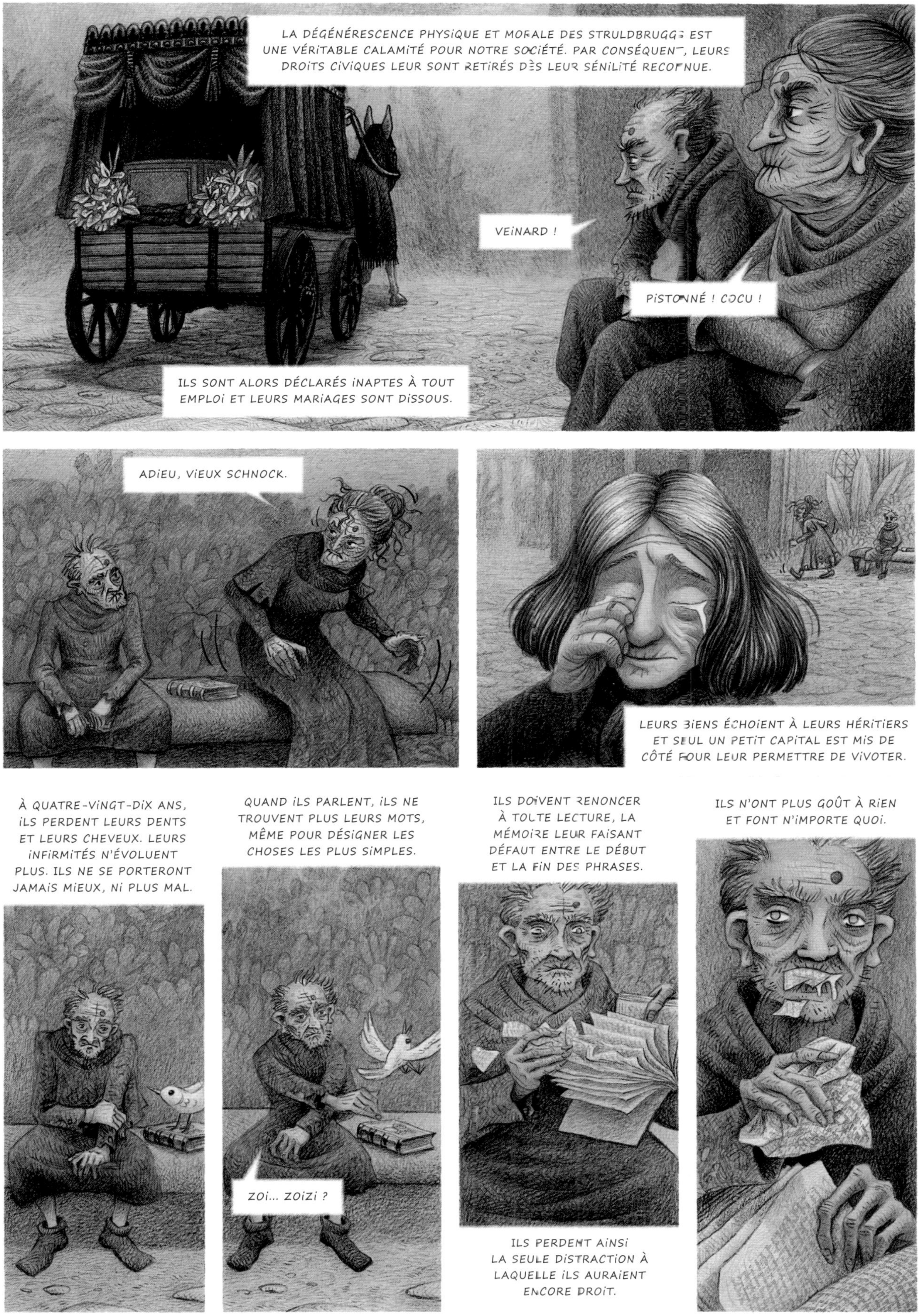
LA DÉGÉNÉRESCENCE PHYSIQUE ET MORALE DES STRULDBRUGGS EST UNE VÉRITABLE CALAMITÉ POUR NOTRE SOCIÉTÉ. PAR CONSÉQUENT, LEURS DROITS CIVIQUES LEUR SONT RETIRÉS DÈS LEUR SÉNILITÉ RECONNUE.
VEINARD !
PISTONNÉ ! COCU !
ILS SONT ALORS DÉCLARÉS INAPTES À TOUT EMPLOI ET LEURS MARIAGES SONT DISSOUS.
ADIEU, VIEUX SCHNOCK.
LEURS BIENS ÉCHOIENT À LEURS HÉRITIERS ET SEUL UN PETIT CAPITAL EST MIS DE CÔTÉ POUR LEUR PERMETTRE DE VIVOTER.
À QUATRE-VINGT-DIX ANS, ILS PERDENT LEURS DENTS ET LEURS CHEVEUX. LEURS INFIRMITÉS N'ÉVOLUENT PLUS. ILS NE SE PORTERONT JAMAIS MIEUX, NI PLUS MAL.
QUAND ILS PARLENT, ILS NE TROUVENT PLUS LEURS MOTS, MÊME POUR DÉSIGNER LES CHOSES LES PLUS SIMPLES.
ZOI... ZOIZI ?
ILS DOIVENT RENONCER À TOUTE LECTURE, LA MÉMOIRE LEUR FAISANT DÉFAUT ENTRE LE DÉBUT ET LA FIN DES PHRASES.
ILS PERDENT AINSI LA SEULE DISTRACTION À LAQUELLE ILS AURAIENT ENCORE DROIT.
ILS N'ONT PLUS GOÛT À RIEN ET FONT N'IMPORTE QUOI.

TROUVEZ-VOUS SINCÈREMENT QUE LE SORT DES IMMORTELS SOIT ENVIABLE ? ÉCHANGERIEZ-VOUS VOTRE PLACE AVEC LA LEUR ?
POUR RIEN AU MONDE... TOUT CELA EST SI TRAGIQUE... SI PATHÉTIQUE.
VOUS DEVRIEZ RAMENER UN COUPLE DE STRULDBRUGGS AVEC VOUS...
À COUP SÛR, LA VUE DE CES SPÉCIMENS GUÉRIRAIT VOS COMPATRIOTES DE LEUR PEUR DE MOURIR.
C'EST CERTAIN... MAIS LA CHOSE ME SEMBLE TOUTEFOIS IMPOSSIBLE.
SA GRACIEUSE MAJESTÉ M'A DÉJÀ DONNÉ CONGÉ...
... EN SPÉCIFIANT QUE JE NE POURRAI RIEN EMPORTER D'AUTRE QUE CE QUE LUI-MÊME M'ACCORDAIT : DES PIÈCES D'OR ET UNE LETTRE DE RECOMMANDATION.
JE PARS DEMAIN POUR LE JAPON.
VITE ET SEUL.
JE N'AI PLUS DE TEMPS À PERDRE : LA VIE EST COURTE... ET C'EST BEAUCOUP MIEUX AINSI, SANS AUCUN DOUTE.

CHAPITRE 11
REVENIR

C'était le 12 mai, je crois.
Ce nom ne te dira sans doute rien, mais j'ai appareillé à Glanguenstald, un port de guerre situé au sud-ouest de l'île.

Mon périple jusqu'au pays du Soleil Levant a ensuite duré quinze jours, sans que rien ne se passe vraiment.

Le 27 mai, nous sommes finalement arrivés à Xamoschi, une petite cité au sud-est du Japon, installée face à un joli détroit commandant l'entrée d'un long bras de mer.
Je redoutais que les officiers des douanes ne découvrent ma nationalité et me suis donc empressé de leur montrer la lettre du roi de Luggnagg me recommandant à Sa Majesté impériale.
Comme tu le sais, les Japonais ont appris à se méfier des chrétiens et ne tolèrent sur leur sol que les Hollandais.
Ils en ont facilement identifié le sceau, aussi large que la paume de ma main, et n'ont heureusement pas cherché à enquêter plus loin.
Les magistrats de la ville m'ont alors fourni un attelage et une suite, afin que je puisse me rendre au palais impérial de Yedo.
C'est là que j'ai été reçu en audience et que j'ai remis mes lettres.

L'affaire fut entendue, mais des ordres furent donnés pour qu'elle demeure secrète.

Celles-ci ont été ouvertes en grande cérémonie.
Malheureusement, un gredin de quartier-maître m'a démasqué et dénoncé aux autorités, affirmant que je n'avais marché sur aucun crucifix.
SHLAK
L'empereur ayant interdit que l'on me cherche des noises, le marin hollandais a aussitôt reçu trente coups de bambou sur le plat du dos.
Après cela, je dois dire qu'on ne m'a plus causé d'histoires.
J'ai donc pu quitter l'Asie en direction d'un nouveau continent. La mer et les vents nous ont été favorables, jusqu'en Afrique.
De longues semaines plus tard, nous avons fait relâche au cap de Bonne-Espérance pour nous réapprovisionner en eau, puis nous sommes repartis.

Les choses se sont compliquées par la suite : nous avons dû déplorer la mort de trois marins, emportés par la maladie.
Un autre a chuté accidentellement du mât de misaine.
Les flots l'ont englouti, sans que jamais son corps ne réapparaisse.
La vie est parfois bien cruelle. Mais c'est ainsi...
Le temps me ronge, tout me pèse. Je me sens de plus en plus affaibli.

Je m'accroche en vain à de lointains souvenirs.

Je n'en puis plus de revenir.
N
W
E
S

DIMANCHE 20 AVRIL 1710. LE CIEL DE LONDRES ABREUVE ENCORE LA TAMISE.
BAM
BAM

VOUS M'AVEZ TELLEMENT MANQUÉ.

J'Ai TANT DE CHOSES À VOUS RACONTER...

Les auteurs tiennent à remercier tout particulièrement Clotilde Vu, Didier Gonord et Adeline Richet-Lartigue pour leur investissement et leur soutien. Merci aussi à Laurent Harduin pour son aide à la colorisation et son travail sur la bande-annonce de l'album.

Bertrand & Paul

Noctambule

Une collection dirigée par Clotilde Vu

La citation au dos de couverture est issue des **Voyages de Gulliver** *de Jonathan Swift, paru aux éditions Gallimard, collection Folio Classique.*

Conception et réalisation graphique de la couverture et de la page titre :
Didier Gonord pour Soleil, accompagné par Adeline Richet-Lartigue
Réalisation graphique des intérieurs et traitement des fichiers :
Adeline Richet-Lartigue

Éditions Soleil
PARIS
8, rue Léon Jouhaux – 75 010 Paris – France
TOULON
44, rue Baudin – 83 000 Toulon – France

Dépôt légal : novembre 2020 – ISBN : 9782302072657
Première édition

Achevé d'imprimer en octobre 2020 sur les presses de l'imprimerie Lesaffre à Mouscron, en Belgique.

CENTRE NATIONAL DU LIVRE

Paul Echegoyen a bénéficié, pour la réalisation de cet ouvrage, du soutien du Centre National du Livre.